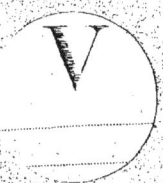

LETTRE

DE

M. THÉOPHILE CAZENOVE,

D'AMSTERDAM,

À M. J. J. PALLARD,

DE MARSEILLE.

LETTRE

DE

M. THÉOPHILE CAZENOVE,

D'AMSTERDAM,

A M. J. J. PALLARD,

DE MARSEILLE,

POUR conftater que ce n'eft pas lui, mais M. J. A. PALLARD, de Paris, qui doit les différences fur les marchés de Dividendes ;

ET

POUR donner, fur ces marchés, des éclairciffemens appuyés de Pieces juftificatives.

A AMSTERDAM.

1785.

COPIE

*De la Lettre de M. J. J. PALLARD,
Affocié de Meffieurs PALLARD,
LULLIN, CHARTON & Comp.ie
écrite de Marfeille le 17 Juin 1785,
à M. THÉOPHILE CAZENOVE.*

Marfeille, le 17 Juin 1785;

MONSIEUR,

Il me revient de Londres & d'ailleurs, que,
par une Lettre imprimée, ayant pour objet de
communiquer au Public vos réflexions fur le

A

procédé des Acquéreurs de dividendes de la Caiſſe d'eſcompte, dans l'énumération de ceux qui ont profité du privilege de l'Arrêt du Conſeil en cette occaſion, vous déſignez M. J. A. Pallard, *Négociant établi à Marſeille.*

Je ſuis, Monſieur, le ſeul de ma famille fixé en cette Ville, & le ſeul auſſi dont l'état ſoit le commerce. Comme je n'ai pas, plus que ma maiſon, pris part à cette opération, vous voudrez bien, Monſieur, balancer les impreſſions quelconques que votre Lettre pourroit produire par une rétractation relative & revêtue de la même authenticité.

J'ai l'honneur d'être, &c. *Signé*, J. J. PALLARD, Aſſocié de MM. PALLARD, LULLIN, CHARTON.

RÊPONSE

De M. Théophile Cazenove, à M. J. J. Pallard, à Marseille.

Paris, le 10 Août 1785.

Monsieur,

Des affaires multipliées m'ont empêché de répondre plutôt à votre lettre du 17 Juin dernier : je vous en fais mes excuses, Monsieur ; je fens que votre demande est parfaitement juste, & que vous aviez droit d'attendre plus de diligence de ma part, à défavouer & à redreffer une erreur dont je fuis la caufe involontaire.

Mais telle est la nature du procédé de Monfieur votre frère à mon égard, qu'il m'est impoffible de laiffer paffer aucune occafion de le remet-

A ij

tre fous les yeux du Public, avec tout ce qui eft propre à le caractérifer.

L'injuftice qu'il me fait, de concert fans doute, avec d'autres qui, comme lui, font mes débiteurs, ne fera jamais enfevelie dans le filence, du moins jufqu'à ce que je fois payé. Ils n'ont d'efpoir que dans l'oubli dont ils fe flatent; & s'ils n'avoient pas la foibleffe, ou le courage de compter fur cet oubli, ils fe feroient débarraffés, ils y a long-temps d'un fentiment dont l'importunité n'eft pas balancée par la jouiffance des fommes qu'ils me retiennent. Ce n'étoit donc pas un fimple billet que je pouvois vous écrire, & il me falloit le loi-fir néceffaire pour entrer dans quelque détail.

Il eft vrai, Monfieur, que le 5 Mars dernier, j'écrivis à MM. Fulchiron, frères, de Lyon; à MM. Gaudy, Barde & frères Torras, de Genève; à M. Robert Pitot, & à M. J. A. Pallard, de Paris, une lettre générale dont j'adreffai un exemplaire à chacun d'eux : il eft vrai encore, que n'ayant pas reçu de réponfe à cette lettre au terme in-diqué du 20 Mars, j'en fis faire diverfes copies, & que je les diftribuai aux perfonnes dont l'opi-nion m'importoit. J'ai voulu dans cette lettre rendre fenfible l'injuftice du refus de ces Meffieurs de me payer la différence qu'ils me doivent fur les dividendes de la Caiffe d'efcompte, des fix derniers mois 1784.

Quelque honnête homme, apparemment jaloux de conferver les bons principes, & de défendre la morale du Commerce, a fait imprimer cette Lettre ; de-là l'erreur dont vous vous plaignez, & que vous me demandez de rectifier ; car la Lettre que j'ai écrite, étoit correctement adreffée à M. J. A. Pallard, à Paris. Je ne fuis donc que la caufe involontaire de cette erreur ?

Je conçois combien il importe à un homme, jaloux de fa réputation, de ne pas être confondu avec ceux, qui pour le plus méprifable des intérêts, foulent aux pieds les engagemens les plus pofitifs, & affichent hautement qu'il eft pour eux des loix qui peuvent les autorifer au parjure & à la mauvaife foi ; & plus des procedés & des principes de ce genre font condamnables, plus je fuis fâché que la conformité de nom ait été la fource des défagrémens dont vous parlez.

Je déclare donc, pour fatisfaire à votre jufte requifition, que je n'ai rien à prétendre de vous,

Monfieur J. J. Pallard, affocié de MM. Pallard, Lullin, Charton & Comp. de Marfeille; & je prie tous ceux qui ont vu, & qui verront les lettres imprimées qui ont paru & qui paroîtront fur cette affaire, de ne pas vous confondre avec M. J. A. Pallard, demeurant à Paris; lequel J. A. Pallard, eft le feul des Meffieurs Pallard qui fe prévaut d'un Arrêt furpris à la religion de Sa Majefté pour me refufer le payement de 15,000 liv. tournois qu'il me doit. A Dieu ne plaife que j'impute une telle conduite à qui n'en eft pas coupable; moi qui, jufqu'au moment du refus conftaté de M. J. A. Pallard, de Paris, aurois parié bien au delà de 15,000 liv. qu'un homme portant un nom auffi refpectable & auffi confideré dans le commerce, ne fe feroit jamais fervi d'un prétexte auffi inique, & auffi frivole pour fe conferver quelque fomme que ce foit, moins encore une fomme fi chétive.

Pour donner à cette déclaration la publicité que vous defirez, vous ferez fans doute répandre beaucoup de copies de cette lettre : de mon côté je la ferai circuler autant qu'il me fera poffible, & je ferai bien enforte qu'elle foit lue au moins dans toutes les principales villes de Commerce.

Souffrez, Monfieur, que je vous confeille d'en faire fur-tout paffer à vos amis de Londres & d'Amfterdam : vous verrez (Pièces juftificatives n.º I.) par le certificat des Négocians de Londres, à quel degré de mépris font voués, ceux qui fous le prétexte des loix, refufent de remplir leurs engagemens.

Vous verrez encore (n.º I.) que ce n'eft pas feulement au tribunal des honnétes gens, qu'un tel refus eft une note honteufe : le certificat des gens de loi de Hollande prouve que j'aurois été juridiquement obligé de payer les différences des marchés qui auroient tourné contre moi, fi j'avois eu la mauvaife foi d'en refufer le payement.

Sans doute, Monfieur, il ne vous eft pas moins difficile qu'à moi de comprendre par quel preftige inconcevable, ceux qui me doivent les différences que je réclame, ont pu m'obliger à la publication de leur procedé ; comment M. J. A. Pallard, de Paris, a pu fe foumettre à toutes les conféquences de fon refus pour fe conferver 21,000

liv. tournois, car fur 9,000 liv. qu'il doit à M.
J. J. Claviere, & 15,000 liv. qu'il me doit, il en
a touché 3,000; comment M. Robert Pitot, car
c'eft encore par erreur que la lettre indique M.
R. Pitol, & je dois cette réparation aux MM.
Pitot, s'il en exifte; comment, dis-je, M. Robert
Pitol, de Bordeaux, fixé à Paris, a calculé qu'il
lui convenoit mieux d'épargner 26,000 liv. tournois, car il doit feulement 6,000 liv. à M. J. J.
Claviere, & à moi 20,000 liv. que de fe donner
la réputation d'un homme fcrupuleux à refpecter
fa fignature; lui qui, s'il faut en croire le public,
fait tous les jours des affaires confidérables en
actions de la Banque de St. Charles, en conféquence (dit-on) des Couriers extraordinaires
qu'il fe fait expédier de Madrid, & qu'il expédie
à Lyon pour dévancer les avis que les Négocians
reçoivent par la pofte publique; comment M.
Bertrand, l'affocié de la maifon de MM. Paffa-
vant de Candole & Compagnie, de Geneve, refufe
de payer 20,000 liv. dont il en a touché 2,500
liv. & qu'il doit à M. Étienne Claviere pour le
refultat d'un marché que le Courtier Scherb a
follicité à plufieurs reprifes de la part dudit fieur

Bertrand ; comment MM. Fulchiron , freres , de Lyon , & MM. Gaudy, Barde & freres Torras, de Geneve, dont la réputation étoit fi intacte, reftent de plein gré expofés à des réclamations de cette nature ; réclamations qu'ils doivent s'at- tendre à voir reparoître dans tous les tems , dans tous les lieux & fous toutes les formes que notre bon droit , & la caufe publique autorifent ; comment M. Baroud , Notaire de Lyon , cet homme fi célébre qui agiote pour des millions, a refufé de payer 7,500 liv. de fes propres billets *valeur reçue* , billets qu'il avoit fait en payement de primes offertes & données par lui , car ces Meffieurs , donnoient auffi des primes ; billets qu'on auroit cru lui faire affront de ne pas rece- voir comme de l'argent comptant ; comment MM. Pommaret, Rilliet , ~~&~~ & Compagnie , de Lyon , ne payent pas non plus leur perte de 35,000 liv. qu'une prime de 10,000 liv. qu'ils ont reçues & leur fignature les oblige à payer.

Au refte, Monfieur, j'ai lieu d'efpérer, & les honnétes gens l'efpérent avec moi, que Sa Majefté décidera que l'Arrêt du 24 Janvier, fi évidem- ment furpris à fa religion & à celle de fes Minif-

tres, n'a pas annullé ces marchés. Je vous invite
à cet égard, à lire ce que M. le Comte de Mira-
beau a dit dans son livre de la Caiſſe d'eſcompte,
des cauſes qui ont acheminé cet Arrêt, des con-
ſidérations qu'il offre & des moyens qu'il renferme
pour réclamer contre l'uſage que mes débiteurs
en font, tout en avouant que les honnêtes gens
ne ſauroient ſe prévaloir de cet Arrêt, ſans
perdre leur réputation.

Et dans le cas où vous ne ſeriez informé des
détails de cette affaire, que par ceux que leur
intérêt privé, ou leurs affections perſonnelles ont
porté à tronquer ou altérer les faits, je profite
de cette occaſion pour vous la retracer, & mettre
ſous vos yeux, la ſuite de mes procedés comparés
à ceux de mes débiteurs.

Arrivé en novembre dernier à Paris, je ne tardai
pas à être informé qu'il s'étoit fait & ſe faiſoit jour-
nellement entre des commerçans les plus reſpectés
de cette ville, des marchés conſidérables à terme
& par primes ſur les actions de la Caiſſe d'eſcompte.
La nature de ces affaires étant analogue à celles
dont je me ſuis occupé à Amſterdam depuis 20 ans,
mon attention ſe porta naturellement ſur cet objet.

Il y avoit alors, comme aujourd'hui, beaucoup de spéculateurs intéressés à faire monter le prix de ces actions, & leur valeur se réglant sur la quotité du dividende, les mêmes spéculateurs annonçoient qu'en Janvier 1785, ce dividende seroit fixé au-dessus de 200 liv. ; quoique jusqu'alors le plus haut dividende ne l'eût pas été à plus de 130 liv.

On me proposa de leur part de m'acheter des dividendes, si je voulois les vendre sur le pied de 190 liv. Je ne répéterai point ici les détails nombreux imprimés à l'occasion de tous ces marchés, je me bornerai à dire, qu'après avoir combiné toutes les probabilités pour & contre, qu'après avoir sur-tout reconnu que ces achats de dividendes à 190 liv., avoient pour but secret de faire monter le prix des actions de la Caisse d'escompte, il me parut que je pouvois spéculer sur l'espérance d'un dividende plus bas.

Mais ayant eu lieu de reconnoître que les intéressés à un haut dividende pourroient bien avoir la prépondérance dans l'assemblée des Actionnaires de la Caisse d'escompte ; je ne jugeai pas qu'il fut prudent de me livrer à toutes les ventes

pour lefquelles j'étois follicité : j'eus beau reconnoître que les ftatuts homologués de la Caiffe
d'efcompte favorifoient mon opinion, j'eus beau
favoir que M. Panchaud difoit à qui vouloit
l'entendre, qu'un dividende auffi élevé qu'on l'an-
nonçoit, étoit impoffible, illégal & dangereux,
& qu'il s'y oppoferoit de tous fes moyens, je
ne me laiffai point éblouir par les profits qui
me promettoient les ventes confidérables que je
pouvois faire, & je me bornai à n'aventurer
qu'une fomme de primes très-limitée.

Mes marchés ont été conclus dans les derniers
jours de Novembre, & dans les premiers de
Décembre, & les dividendes ont été fixés le 27
de Janvier dernier au taux de 150 liv. C'eft de
ce moment que Mrs. Fulchiron, freres, de Lyon,
Gaudy, Barde & freres Torras, J. A. Gaudy, de
Geneve, Robert Pitot & J. A. Pallard, de Paris,
font devenus mes débiteurs par le réfultat des
marchés faits avec eux. La forme de ces marchés
eft tranfcrite fous le N°. 2 des Pièces juftificatives.

Vous obferverez qu'ils font antérieurs de fix
femaines à l'évenement ; qu'ils ont été faits au

gré des contraétans ; à la follicitation de mes
débiteurs; &, ce qui eft remarquable, dans un
moment où les queftions générales fur la théorie
des dividendes étoient agitées entre tous les gens
d'affaires & les intéreffés à la Caiffe d'efcompte.

Je dois encore vous faire obferver qu'aucun
des contraétans, ne m'a jamais fait propofer de
réfilier ces marchés, ni jamais fait connoître
qu'ils les confidéraffent autrement que comme
une fpéculation foumife de part & d'autre à tous
les évenemens quelconque qui pouvoient influer
fur fon fort.

Ceci même encore mérite d'être obfervé : je
me fuis fouvent trouvé chez M. le Coulteux
de la Noraye, le principal Auteur de la requête
fur laquelle l'Arrêt du 24 Janvier a été rendu,
j'étois accueilli chez lui, & jamais il ne ma dit
un mot qui annonçât, qu'il blamât les marchés
de dividende ; jamais il ne m'en a demandé la
moindre explication, ni laiffé foupçonner aucune
de ces accufations odieufes, & de ces qualifica-
tions infultantes auxquelles il s'eft livré dans fa
requête en défignant fans diftinction les acheteurs
& les vendeurs des dividendes.

Voici, Monsieur, la conduite que j'ai tenue depuis le moment où le dividende des actions de la Caisse d'escompte a été fixé à 150 liv.

Persuadé que ceux avec lesquels j'avois contracté, étoient loin de penser à se prévaloir de l'Arrêt du 24 Janvier, je leur fis demander plusieurs jours après la fixation du dividende, quand & comment il leur conviendroit de me payer les différences que cette fixation établissoit à mon profit, résolu d'avoir pour ceux qui seroient gênés par leurs pertes, les procedés honnêtes & indulgens que j'avois éprouvé moi-même dans des positions semblables.

Ces Messieurs, me firent dire que l'Arrêt du 24 Janvier étoit leur réponse. Je ne vis dans cette maniere mal-honnête d'accueillir ma demande qu'un moment d'humeur, & j'attendis que la réflexion les éclairât sur leurs devoirs & leurs engagemens. Depuis ce moment MM. Fulchiron, freres, de Lyon, MM. Gaudy, Barde & freres Torras, de Geneve, & MM. Robert Pitot & J. A. Pallard, de Paris, ne m'ont rien proposé. Assurément ils m'auroient obligé de leur payer les différences, sans m'épargner mêmes des farcafmes fur ma crédulité, fi leur cabale avoit réuffi à faire porter le dividence à 212 liv. comme ils s'en vantoient & que je me fuffe trouvé *à leur place*. Ils crurent apparemment que la nature de leur réponfe m'impoferoit filence, & ils ne fongerent pas fans doute à quel point ils compromettoient leur probité.

Pour conferver la valeur de mes titres, je fus donc obligé de leur faire faire, le 3 Février 1785, la fignification dont vous trouverez copie fous le n.º 3.

Avant cette fignification, d'autres avec qui j'avois des marchés pareils, m'ont payé la différence entiere qui m'étoit dûe, & MM. Pache, freres, m'ayant fait propofer, à condition que je leur rendiffe mes titres, de me payer 45,000 liv. pour les 90,000 liv. que j'avois à réclamer d'eux, j'acceptai leur offre, convaincu que tôt ou tard leur délicateffe originelle me fera raifon du refte, & que la remife que je leur ai faite de leurs engagemens ne me fera rien perdre. Ces exemples ne produifirent aucun effet fur mes autres débiteurs, ils n'ont pas rougi de me faire, le 18 Février 1785, la contre fignification tranfcrite (fous le n.º 4).

Ma réponſe à l'Huiſſier, que vous trouverez à la ſuite, leur a manifeſté mon opinion ſur cette démarche.

M. le Lieutenant-Général de Police, déſirant connoître à fond cette affaire, eut la bonté de nous accorder une audience à M. Claviere & à moi : il nous demanda un Mémoire, nous eûmes l'honneur de lui remettre celui que vous trouverez ſous le n.º 5.

J'ai ſçu depuis, que ce Magiſtrat avoit eu la condeſcendance de parler à mes débiteurs dans l'intention de faire finir cette affaire, mais que ce fut en vain qu'il leur fit obſerver que l'Arrêt du 24 Janvier ne leur défendoit pas de remplir les loix de l'honneur & de la probité.

Toujours ſéduit par l'eſpoir de voir mes débiteurs revenir à un ſyſtéme plus équitable & plus ſage, j'ai laiſſé paſſer tout le mois de Février ſans faire aucune démarche ; mais apprenant qu'ils profitoient de mon ſilence, & tentoient d'établir une opinion qui leur fut favorable, j'ai dû ſonger à ma réputation plus encore qu'à mes intérêts. Cependant, non moins fidèle au ſyſtéme de modération que j'ai toujours ſuivi, qu'à celui de

fermeté

fermeté qu'une telle affaire exige, je fis encore
un dernier effort de conciliation, & j'écrivis le
5 Mars à mes débiteurs la lettre sous le n.º 6,
je n'en ai délivré des copies qu'après le 20 du
même mois.

Enfin leur silence obstiné m'a contraint à des
démarches juridiques. Nous nous sommes réunis,
MM. Claviere & moi, pour présenter une requête
au Conseil de Sa Majesté , & nous avons obtenu
de sa justice une Commission qui doit juger en
définitif sur la légitimité de nos réclamations.
Nous attendons son jugement avec confiance, &
sans aucune inquiétude sur les efforts de nos adversaires pour soutenir le plus injuste & le plus
deshonorant des refus.

Je ne dois pas vous laisser ignorer, Monsieur,
que mes débiteurs nous ont fait sommer MM.
Claviere & moi, de leur rendre leurs engagemens.

Quelle peut être la raison de cette démarche ?
N'est-ce pas parce qu'ils n'ont eux-mêmes aucune
confiance dans la prétendue nullité de nos titres ?
que s'ils les voyent inutiles, en nos mains pour
un tems, ils en appréhendent la résurrection dans

B

un autre? On ne peut pas en douter, ils craignent notre éternel recours contre eux & contre leur poſtérité: non encore familiariſés avec le mépris de leurs engagemens, ceux que nous avons à leur repréſenter effraye leur conſcience, comme la préſence du corps du délit effraye ſans ceſſe le coupable ; & toujours trompés par l'inconcevable étourdiſſement qui règle leurs démarches, ils tentent de nous faire arracher ces titres par les mains de la Juſtice, comme ſi, dans le cas où ils induiroient la Juſtice en erreur, cette violence exercée contre nous pouvoit jamais éteindre leurs remords (1).

_____

(1) Leur Requête conclut à ce que MM. Claviere & moi nous ſoyons contraints, par amende & priſon, à leur rendre leurs engagemens. Il ſera édifiant pour l'honnêteté publique de nous voir traîner en priſon, à la requiſition de MM. Fulchiron freres, Gaudy, Barde, & freres Torras, R. Pitot, J. A. Pallard, & Bertrand, pour vaincre notre refus de leur rendre, quoi? des titres, qui, pour ſuivre les conſéquences que ces Meſſieurs tirent de l'Arrêt du 24 Janvier, ne ſont plus, dans nos mains, que des chiffons inutiles! Et les honnêtes gens ne ſe ſouleveroient pas contre de tels procédés!

La requête qu'ils ont préfentée pour être
délivrés de ces titres inquiétans, eft fous le n.º 7.
Le galimathias qu'ils ont été forcés d'y fubftituer
aux raifons qui leur manquent, vous prouvera,
Monfieur, le défavantage du terrein fur lequel
ils font obligés de combattre, & leur obftination
n'en fera que plus incompréhenfible pour vous.

Vous y verrez comment, après avoir follicité
& touché des primes, ils réclament contre une
prétendue inégalité de chances, comme s'ils
avoient ignoré que toute affaire à prime comporte,
d'un côté, une petite fomme abandonnée, & de
l'autre, la poffibilité que celui qui la reçoit ait à
en payer une très-grande à celui qui abandonne
la petite ; comme fi ces fommes, confidérées abf-
traitement, étoient elles-mêmes les chances.

Enfin, Monfieur, ne pouvant fe défendre
dans les fociétés, ils n'ont pas eu honte d'argumenter d'une prétendue *certitude* que j'avois
que l'Arrêt du 24 Janvier auroit lieu : je les
fomme depuis long-tems & inutilement de
prouver cette affertion : je leur demande fi un
honnête homme peut fe défendre par de tels
allégués fans en fournir la preuve, je les conjure

d'articuler un fait à cet égard; ils ne me répondent rien & gardent mon argent.

L'autorité, difent-ils encore, a fixé le dividende & non les Actionnaires. Cette affertion eft fauffe. L'autorité avertie (voyez fous n.º 8, l'Arrêt du 16 Janvier 1785,) que, pour fixer un dividende abufif, les ftatuts alloient être violés, a rappellé l'adminiftration de la Caiffe d'efcompte à ces ftatuts néceffaires pour fon crédit & fon exiftence, à ces ftatuts dont l'exécution fuffifoit pour faire avorter un haut dividende. Si la ligue qui le vouloit à tout prix eût réuffi, c'eft moi qui auroit été fondé à réclamer contre l'illégalité & la fauffeté du compte fur lequel ce dividende auroit été affis. Cependant on fe feroit moqué de moi, & on m'auroit demandé ironiquement, fi nos compromis portoient quelques exceptions fur la maniere dont les dividendes feroient réglés?

J'avois la certitude de l'Arrêt du 24 Janvier, fix femaines avant qu'il fuffe rendu!... Et comment l'avois-je? Parce que, difent mes débiteurs, je fuis depuis long-tems lié d'amitié avec M. Panchaud.... J'ai fçu de M. Panchaud, ce qu'il ne ceffoit de dire publiquement, qu'il s'op-

poſeroit à un haut dividende, comme à une nou-
veauté nuiſible aux intérêts de la Caiſſe d'eſcompte.
Il déclaroit déjà, avant mon arrivée, qu'il feroit au
Miniſtre les repréſentations les plus fortes pour
prévenir cet abus. Eh ! d'ailleurs pourquoi, puiſqu'on connoiſſoit mes liaiſons avec M. Panchaud,
s'adreſſoit-on à moi pour acheter des dividendes ?
Etoit-ce dans l'intention de ne pas me payer ſi le
marché tournoit à mon avantage, & de ne me
faire aucun quartier ſi j'étois perdant ? Certes, la
conduite de mes débiteurs m'autoriſeroit à le
croire, ſi je ne ſavois pas que les partiſans des
hauts dividendes ſe croyoient alors plus forts
que les ſtatuts même.

Mais à qui perſuadera-t-on qu'on puiſſe avoir
la *certitude* d'un fait, ſix ſemaines avant ſon
exiſtence ? Ce terme n'admet-il donc aucune
circonſtance qui puiſſe ou le prévenir, ou en
changer la nature ? Qu'on diſe que j'ai regardé
comme probable, que les ſtatuts feroient maintenus, j'en conviendrai ; car apparemment je donnois
des primes pour quelque choſe.

Voici, Monſieur, quelle étoit la poſition des
acheteurs de dividendes & la mienne au moment

où mes marchés furent conclus. Les acheteurs de dividendes s'étoient affurés que la pluralité des Adminiftrateurs feroit en faveur d'un haut dividende, & que leurs avis auroit la prépondérance dans l'affemblée des Actionnaires, la plupart intéreffés auffi à un haut dividende ; cette *certitude* étoit le fondement de leur opération. Le fondement de la mienne étoit que le dividende ne pouvoit pas être porté fi haut fans que l'adminiftration s'écartât des loix de la prudence, & fans qu'on violât le texte précis des ftatuts homologués, imprimés & publiés ; d'où je concluois affez raifonnablement, ce me femble, à la probabilité que les ftatuts feroient maintenus contre toute ligue quelconque qui fe propoferoit de les fouler aux pieds.

Il eft d'ailleurs très-généralement connu que, pour peu que les Adminiftrateurs de la Caiffe d'efcompte fe fuffent montrés modérés fur la fixation du dividende, jamais l'autorité ne les auroit rappellés aux ftatuts, jamais l'Arrêt du 16 Janvier n'auroit exifté. Ils favent bien, Meffieurs les Adminiftrateurs, ce que le Miniftre leur a dit avant que l'Arrêt fût rendu......

Vous voyez donc, Monsieur, combien il y a de mauvaise foi & d'absurdité à mettre en avant cette prétendue *certitude*, & combien mes débiteurs ont été mal avisés de se refuser à remplir des engagemens aussi formels que les leurs, dès qu'ils n'ont pas d'autres moyens de défense que ceux qu'ils employent.

On croiroit, à les entendre, qu'ils ont la conscience la plus délicate, la plus timorée ; qu'un Casuiste rigoureux accroîtroit encore, à leur école, le catalogue de ses scrupules. Et s'ils vouloient vous raconter naïvement toutes leurs prouesses, vous verriez à quel point ils se jouent des honnêtes gens qui leur prêtent l'oreille, lorsqu'ils allèguent *ma prétendue certitude* pour motif de leur refus.

Mais en voilà assez pour vous édifier, & pour tenir le Public informé de ce qui se passe sur une affaire qui, dans ses rapports avec la foi des engagemens écrits, ne peut pas lui être indifférente. J'aurois même quelque peine, Monsieur, à vous en avoir occupé si long-temps, si je n'étois assuré que vous ne regarderez pas comme une importunité mon attention à vous

B iv

montrer mes droits à votre eftime, & à vous
témoigner celle que votre délicateffe m'infpire.

J'ai l'honneur d'ètre avec beaucoup de confidération,

MONSIEUR,

Votre très-humble, &c.
THEOPH. CAZENOVE.

P.-S. Au moment où j'allois vous expédier
ma Lettre, je reçois d'Amfterdam la copie de
ce que MM. Fulchiron, freres, de Lyon, écrivent
à MM. L. M. B. & Comp. d'Amfterdam.

Ces MM. femblent craindre que je n'aie pas
affez de moyens contr'eux : ils m'en fourniffent
eux-mêmes : c'eft ce qui arrive prefque toujours
aux hommes qui fe font laiffés entraîner hors
de la route du bon droit & de la vérité.

« Nous voyons (écrivent-ils) que le fieur Caze-
» nove fait circuler fa requête en Hollande; nous
» nous y attendions, & ne doutons pas que la lettre
» qu'il a écrite aux acheteurs de dividendes n'y
» ait été pareillement rendue publique. Si en
» employant de pareils moyens, il parvenoit à

» donner une mauvaise impreſſion à notre égard,
» relativement à cette affaire, nous eſpérons
» qu'elle ſeroit bientôt détruite par ceux que
» nous avons à lui oppoſer. Le ſieur Cazenove
» en impoſe au public en réclamant contre
» l'Arrêt du 24 Janvier, puiſque *nous ne pré-*
» *tendons pas en exciper d'aucune maniere ;*
» c'eſt ce même public qu'il cherche à diſpoſer
» en ſa faveur que nous deſirons pour juge ; il
» ſera bientôt en état de fixer ſon opinion, &
» il y auroit long-tems qu'il auroit été à même
» de le faire, ſi le ſieur Cazenove eût accepté le
» moyen que nous avons propoſé d'abord, de
» nous en rapporter à un tribunal d'honneur,
» compoſé de Négocians des plus intégres *des*
» principales villes de Commerce : nous ſerons
» toujours préts à nous ſoumettre à leur juge-
» ment ; nous aurions pu éteindre cette affaire
» dès le principe en tranſigeant avec nos adver-
» ſaires, comme d'autres l'ont fait, mais nous
» devons *tout* ou *rien ;* ſi nous devons, nous
» ne voulons pas de grace ; ſi nous ne devons
» rien, nous ne voulons rien payer ».

Si quelque chose pouvoit surprendre le sieur Cazenove de la part de MM. Fulchiron, freres, de Lyon, & de tous ceux qui, comme eux, ne remplissent pas leurs engagemens, & plaident contre leur propre signature, ce seroit une pareille lettre.

MM. Fulchiron, freres, disent dans cette lettre, *qu'ils n'excipent pas de l'Arrêt du 24 Janvier*, & la signification juridique constate le contraire ; vous pouvez vous en convaincre par la lecture des Pieces justificatives, n°. 4 & 7.

« *Ils disent m'avoir fait proposer de s'en remettre à un tribunal d'honneur* ».

Je déclare n'avoir jamais reçu de leur part aucune proposition quelconque, ni directement, ni indirectement ; & je les somme de me faire connoître où, quand, & par qui il m'a été fait de leur part des propositions qui ayent quelque rapport avec ce qu'ils affirment.

Comment aurois-je refusé un tel arbitrage, puisque sa premiere condition auroit été de mettre à l'écart l'Arrêt du 24 Janvier? pouvois-je désirer davantage ? & encore aujourd'hui, si ces Messieurs veulent déterminer dans laquelle des deux villes d'Amſterdam ou de Paris, ils déſirent qu'il ſoit nommé des arbitres, choiſis entre les Négocians du premier ordre, on verra qui d'eux ou de moi ſe refuſera à laiſſer décider par des Négocians reſpectables un différent de cette nature. Je dis Paris *ou* Amſterdam, parce que je crois, n'en déplaiſe à M. Fulchiron, qu'un congrès *de Négo- cians des plus intégres des principales villes de Commerce*, ſeroit un peu embarraſſant à raſſembler.

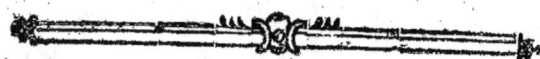

PIECES JUSTIFICATIVES.

N.º I.

COPIE des Certificats donnés à Londres & en Hollande, qui conflatent l'ufage & l'obligation de payer les pertes fur les Fonds publics, & fpécialement les Dividendes de la Caiffe d'Efcompte.

CERTIFICATS DE LONDRES.

Nous fouffignés établis à Londres, déclarons & certifions, par ces Préfentes, que, quoique les Loix d'Angleterre n'autorifent pas la réclamation d'aucune perte éventuelle, réfultant de l'achat ou de la vente des fonds publics à terme, il eft néanmoins d'une regle conftante & journaliere, de payer de femblables pertes, fans le moindre retard ou la moindre difficulté, quelque motif que le Perdant puiffe avoir de foupçonner que fa partie adverfe a pu être inftruite d'avance fur les événemens.

Tout homme qui se refuseroit au prompt payement de ces différences, regardées ici comme
dettes d'honneur les plus obligatoires, seroit con-
sidéré comme un homme de mauvaise foi, & se dés-
honoreroit complétement dans l'opinion publique.

FAIT à Londres, le 25 Mars 1785.

Signé, PIERRE TELLUSSON, & Fils & Comp.
P. & C. VAN NOTTEN & Comp. CHARLES
LOUBIER TEISSIER & Comp. GER. & JOSUÉ
VAN NECK & Comp. L. TEISSIER. A. GI-
RARDOT. *Négocians à Londres.*

Signé, JOHN BATTYE & Comp. JAMES
MORGAN. BENJ. COLE. W. LOWER CH. STEERS.
F. JENKS. *Courtiers à Londres.*

CERTIFICATS DONNÉS EN HOLLANDE.

COPIE d'un Engagement pour vente de Dividendes de la Caisse d'Escompte.

Nous soussignés reconnoissons avoir acheté
de M. . . . . la quantité de mille Dividendes de la Caisse d'escompte des six derniers
mois de cette année, au prix de 195 liv. chaque
Dividende, nous engageant à recevoir & à payer

audit prix de 195 liv. lefdits mille Dividendes
qui nous feront délivrés, & dans le cas où
M. . . . . në voulût pas nous remettre
les Dividendes en nature, nous nous engageons
également à lui bonifier, & à lui payer en argent comptant le montant des différences qu'il
y aura fur lefdits mille Coupons, dans le cas
où le Dividende des fix derniers mois 1784,
aura été fixé au-deffous du fufdit prix de 195 liv.
bien entendu que fi on ne s'eft pas préfenté avec
cet engagement dans l'efpace des quinze jours
qui fuivront l'ouverture du payement defdits
Coupons, le préfent engagement fera nul & de
nulle valeur.

F A I T à Paris, ce   1784.
           (*Signé*)   N. N.

NOUS fouffignés Avocats admis par la Cour
de Hollande, & exerçant la pratique du Droit
pardevant les Tribunaux de la Ville d'Amfterdam,
en vertu de ladite admiffion, déclarons être
d'opinion, que fi un Bourgeois ou Habitant
de cette Ville avoit figné un engagement de
la teneur & forme ci-deffus, & que le Porteur
pût conftater que le Dividende de la Caiffe d'Efcompte pour le femeftre des fix derniers mois de
l'année 1784, n'avoit été fixé & payé que
150 liv. & que ledit Bourgeois ou Habitant de

cette Ville refufât de payer la différence qu'il
devroit au Porteur, en vertu de cet engagement,
que dans un pareil cas, étant interpellé & pour-
fuivi ici, pardevant fes Juges compétens, il
feroit tenu & obligé par les Loix de ce Pays,
à maintenir & à remplir fondit engagement, &
devroit payer au Porteur de l'engagement la différence entre le prix de 195 liv. & celui de
150 liv. En foi de quoi nous avons figné le préfent Certificat.

FAIT à Amfterdam, le 22 de Février 1785.

Signé, NICOLAUS BONT, HENDRICK BAR-
TYN LUIKEN, JERONIMUS NOLTHENIUS,
J. B. DE GRAAF, H. CALKOEN, JACOB KLIN-
KHAMER, ALB. PLOOS VAN AMSTEL, H. VAN
SCHWAREM, HR. CASTROP, ADR. PLOOS VAN
AMSTEL.

Nous Bourguemaîtres & Régens de la Ville
d'Amfterdam, faifons favoir à tous ceux à qui il
appartiendra, que *Nicolaus Bondt, Jacob Klin-
khamer, Alb. Ploos Van Amftel, Hendrick
Bartyn Luyken, H. Van Schwarem, Jeronimus
Nolthenius, Hr. Caftrop, J. B. de Graaf,
Adr. Ploos Van Amftel, & H. Calkoen, font
Docteurs en Droit, & Avocats admis par la
Cour de Hollande, & exerçans la Pratique*

dans cette Ville, & qu'à tous les Actes & Inftrumens par eux fignés en cette qualité, entiere foi & crédit eft ajouté, tant en jugement que dehors : en foi de quoi, la préfente fcellée du Sceau aux Armes de cette Ville, & fignée par un de nos Secrétaires, ce 24 Février 1785.

Signé, RENDORP. Et Scellé.

NOUS GUSTAVE-ADOLPHE DE DURANTI, Comte de Lironcourt, Chevalier, Lieutenant des Vaiffeaux du Roi, Chevalier de l'Ordre Royal & Militaire de Saint-Louis, de l'Académie Royale de Marine, Commiffaire du Roi pour la Marine & le Commerce en Hollande, certifions à tous ceux qu'il appartiendra que M. Rendorp, qui a figné la Légalifation des Actes de l'autre part, eft un des Secrétaires de cette Ville, aux Ecritures & Signatures duquel foi eft ajoutée en jugement & dehors. En témoin de quoi nous avons délivré le préfent Certificat fous le Sceau accoutumé des Armes du Roi. A Amfterdam, le 24 Février 1785. M. le Commiffaire du Roi étant abfent par congé.

Signé, L'ARCHEVÊQUE, Chancelier, Secrétaire du Commiffariat de France. Scellé.

NOUS fouffignés Docteurs en Droit & Avocats, poftulans pardevant les Cours de Juftice en Hollande, certifions qu'ayant vu & examiné

la

la certification ci-deffus, donnée à Amfterdam le
22 Février 178 5, nous nous y conformons entiére-
ment, comme étant fondée fur les Droits & Cou-
tumes de ce Pays. Fait à la Haye, ce 26 Fév. 1785.

Signé, JOH. BROUWER, J. J, ROY, P. BOS-
VELD, C. P. HOYNCK VAN PAPENDRECHT,
P. T. VAN HAMEL, S. BOLLARD, H. J. VAN
OLDENBARNEVELD, GENT-WITTE TUL-
LINGH, W. C. VOSMAER, G. VANDER
MEERSCH, P. HARTOG, F. J. GALLÉ.

NOUS Préfident & Confeiller de la Cour
d'Hollande, Zélande & de Frize, faifons favoir
à tous ceux à qui il appartiendra, que *Joh.*
Brouwer, J. J. Roy, P. Bofveld, C. P. Hoynck
Van Papendrecht, P. T. Van Hamel, S. Bol-
lard, H. J. Van Oldenbarneveld, Gent-Witte
Tullingh, G. Vender Meerjch, F. J. Gallé,
W. C. Vofmaer, & P. Hartog, font Docteurs
en Droit & Avocats par nous admis & exerçans
la Pratique pardevant nous, & qu'à tous les
Actes & Inftrumens par eux fignés en cette qualité, entiere foi & crédit eft ajouté tant en Jugement que dehors. En foi de quoi, la préfente eft
fcellée de notre Sceau ordinaire, & fignée par notre Greffier. FAIT à la Haye, ce 27 Février 1785.

Signé, ADRIAAN BOUT. Et fcellé.

NOUS fouffigné Ambaffadeur de France au-

C

près des Etats Généraux des Provinces-Unies des Pays-Bas, certifions à tous ceux qu'il appartiendra, que la signature ci-dessus est celle d'Adriaan Bodt, Greffier de la Cour d'Hollande, & que foi doit y être ajoutée tant en Jugement que dehors. En témoin de quoi nous avons signé la présente attestation, contresignée par un de nos Secrétaires, & scellée en marge de l'empreinte de nos Armes. A la Haye, le 27 Février 1785.

Signé, le Mis. DE VERAC. Plus bas, par son Excellence : ROZA. Et scellé.

(*Les Originaux de ces Certificats peuvent se voir chez Me Dufresnoy, Notaire à Paris.*)

N.º I I.

COPIE des Engagemens.

Nous souffignés reconnoissons avoir acheté
de M............ la quantité de mille dividendes
de la Caisse d'escompte des six derniers mois
de cette année, au prix de 18ç livres chaque
dividende; nous engageant à recevoir & à payer
au susdit prix de 18ç livres, lesdits mille dividendes qui nous seront délivrés; & dans le cas
où M............ ne voulût pas nous remettre les
dividendes ou coupons en nature, nous nous engageons également à lui bonifier & à lui payer en
argent comptant le montant des différences qu'il
y aura sur lesdits mille dividendes ou coupons,
dans le cas où le dividende des six derniers mois
de cette année aura été fixé au-dessous du susdit
prix de 18ç livres, bien entendu que, si on ne
s'est pas présenté avec cet engagement dans l'es-
pace de 1ç jours qui suivront l'ouverture du
payement desdits coupons, le présent engagement sera nul & de nulle valeur. FAIT à Paris,
ce quatre Décembre mil sept cent quatre-vingt-
quatre. *Signé*, FULCHIRON, freres.

UN autre engagement conforme à celui ci-
dessus de mille dividendes de M^rs, Fulchiron,

freres, de même date, audit prix de 185 livres chaque.

Un autre engagement conforme à celui ci-deſſus de 1000 dividendes de Mrs Fulchiron, freres, de même date, & audit prix de 185 livres chaque.

Un autre engagement de M. J. Gaudy, de 500 dividendes, conforme à celui ci-deſſus, en date du 21 Décembre 1784, à 180 liv. chaque.

Un autre engagement de Mrs Gaudy, Barde & freres Torras, de 1000 dividendes, conforme à celui de l'autre part, en date du 4 Décembre 1784, à 185 livres chaque.

Un autre engagement de meſdits ſieurs Gaudy, Barde & freres Torras, de 1000 dividendes, conforme à celui de l'autre part, en date du 4 Décembre 1784, à 185 livres chaque.

Un autre engagement de meſdits ſieurs Gaudy, Barde & freres Torras, de 1000 dividendes, conforme à celui de l'autre part, en date du 4 Décembre 1784, à 185 livres chaque.

Un autre engagement de M. Et. Bertrand, de 500 dividendes, conforme à celui de l'autre part, en date du 7 Décembre 1784, à 190 liv. chaque.

Un autre engagement de M. J. A. Pallard, de 500 dividendes, conforme à celui de l'autre part, en date du 18 Décembre 1784, à 180 liv. chaque.

Copie de l'engagement de M. ROBERT
PITOT.

ENTRE M. Théoph. Cazenove & M. Robert
Pitot , il a été arrêté & convenu:

M. Théoph. Cazenove vend à M. Robert
Pitot 500 dividendes de la Caisse d'escompte,
des six derniers mois 1784, au prix de 190 livres
pour chaque action, auquel prix de 190 livres,
les contractans s'engagent de livrer & de recevoir
lesdits 500 coupons de dividendes, & cela 15
jours après que le dividende sera réglé & fixé ;
nonobstant, il est convenu entre lesdits sieurs
susnommés, qu'ils ne seront pas obligés de livrer
ou d'accepter lesdites dividendes en nature, mais
qu'ils pourront remplir cet engagement en payant
ou recevant la différence qui existera à la susdite
époque, au taux de 190 livres par action, ou au
taux que le prochain dividende de la Caisse d'escompte sera réglé.

M. Robert Pitot accepte le susdit achat & con-
vention, & s'engage de payer à la susdite époque
à M. Théophile Cazenove, ou de recevoir de lui
la différence qui pourroit exister. FAIT double, à
Paris, ce 7 Déc. 1784. *Signé,* ROBERT PITOT.

Autre copie de l'engagement de M. ROBERT
PITOT.

Monsieur J. J. Claviere vend à M. Robert Pitot
200 coupons de dividendes de la Caisse d'es-

C iij

compte, pour les fix derniers mois 1784, au prix
de 180 livres par coupon, qu'il s'engage de payer
la différence 15 jours après que MM les Direc-
teurs auront déclaré le dividende, ou le recevoir
du fouffigné au cas qu'il fût de moins : M. Robert
Pitot accepte le fufdit achat, & s'engage de payer
ou de recevoir la différence comme l'engagement
ci-deffus. FAIT double, à Paris, ce 18 Décembre
1784. *Signés*, ROB PITOT, & J. J. CLAVIERE.

UN autre engagement, *idem.* de M. J. A. Pallard, de 300 coupons de dividendes de la Caiffe
d'efcompte, en date du 18 Décembre 1784, à
180 livres chaque. *Signés*, J. A. PALLARD, &
J. J. CLAVIERE.

Copie d'un engagement de MM. POMMARET,
RILLIET, ████████, & Compagnie.

NOUS fouffignés nous obligeons à recevoir
du porteur, le jour que l'on payera à la Caiffe
d'Efcompte, le dividende des fix derniers mois
de cette année, 1000 dividendes, & de les payer
au prix de 185 livres chacun, & en total la
fomme de 185,000 livres; & dans le cas où le
porteur ne trouveroit point à fa convenance de
nous délivrer lefdits 1000 dividendes en nature,
nous lui payerons feulement la différence qu'il
pourra y avoir du prix fixé par la délibération à
celui de 185 livres. A Paris, ce 14 Déc. 1784.
Signé, POMMARET, RILLIET & Compagnie.

N.° III.

COPIE de la Signification faite par M. Théophile Cazenove, le 3 Février 1783, à MM. J. A. Pallard, Fulchiron, freres., Robert Pitot, Gaudy, Barde, & freres Torras.

QUE s'étant présenté par devers ledit fieur...., auffi-tôt, & après l'ouverture des payemens des dividendes de la Caiffe d'efcompte, commencés le jeudi 27 Janvier dernier, afin de réclamer l'exécution des conditions & engagemens convenus entre ledit fieur Requérant & ledit fieur .... pour le payement des différences fur .... dividendes de la Caiffe d'efcompte, que ledit fieur .... devoit payer audit fieur Requérant fur le pied de .... chaque, ce que ledit fieur .... a refufé d'exécuter, fous prétexte de l'Arrêt du Confeil, rendu par Sa Majefté le 24 Janvier dernier; ledit fieur Requérant protefte & déclare que, fi pénétré de refpect pour la volonté de Sa Majefté, & ne voulant en aucune maniere contrevenir audit Arrêt de fon Confeil, il ne donne quant à préfent, aucune fuite, dans les Tribu-

C iv.

naux ordinaires, auxdites conventions, pour en pourfuivre l'exécution, il n'entend pas moins vouloir fe pourvoir par devers le Roi, à l'effet de juftifier de la bonne-foi & légitimité dudit engagement, & d'obtenir la permiffion d'en réclamer l'exécution ; déclarant que la préfente fignification n'a pour but que d'empêcher la fin de nonrecevoir, qu'il doit craindre qu'on ne veuille lui oppofer par la fuite, réfultante de ce que le Requérant ne juftifieroit pas s'être préfenté dans le délai convenu pour requérir l'exécution d'un engagement de bonne-foi, dont il affure qu'il ne fe feroit cru jamais difpenfé par aucune loi ; opinion dans laquelle il a l'avantage de fe trouver d'accord avec les Négocians les plus honnêtes de tous les pays commerçans, & qu'il a eu la fatisfaction de voir déjà exécuter fans réclamation, par plufieurs Négocians François. POURQUOI j'ai, Huiffier fufdit & fouffigné, laiffé audit fieur copie du préfent.

N.º I V.

EXTRAÏT de la Signification faite le 18
Février 1785, *à M. THÉOPHILE CAZE-
NOVE, par MM. FULCHIRON freres,
GAUDY, BARDE, & freres THORRAS,
ROBERT PITOT, J. A. PALLARD.*

POUR réponse à la sommation qui leur a été
faite ledit jour, à la requête dudit sieur Cazenove, que celui-ci ne peut & ne doit ignorer
combien ledit sieur Fulchiron & sa maison res-
pectent tous leurs engagemens, & que si celui dont
le sieur Cazenove réclame l'exécution n'eût point
été annulé dans un moment de risque & d'incer-
titude, & par des causes qui ne permettent pas
de douter qu'à l'instant où le sieur Cazenove a
vendu les dividendes dont il s'agit, il y avoit des
spéculations qui ont provoqué l'attention de
Sa Majesté, le sieur Fulchiron & sa maison s'em-
presseroient de remplir l'engagement qu'ils ont
contracté avec ledit sieur Cazenove ; mais dans
ces circonstances, ils croyent devoir se renfermer
dans la disposition de l'Arrêt du 24 Janvier 1785 ;
en conséquence, j'ai, Huissier, &c. fait offres réelles
de la somme de 15000 livres pour restitution
de la prime que ledit sieur Cazenove avoit payée

audit fieur requérant ; en conféquence je l'ai fommé de recevoir & accepter ladite fomme, de me remettre à l'inftant un compromis ou engagement que ledit fieur Fulchiron lui a remis, &c.

RÉPONSE de M. THÉOPHILE CAZE-NOVE à la fufdite Signification du 18 Février, à MM. FULCHON freres, GAUDY BARDE, & freres THORRAS, ROBERT PITOT, J. A. PALLARD.

JE fuis étonné que ces Meffieurs conftatent ainfi leur refus de me payer ce qu'ils me doivent, & puif-que leur honneur & leur confcience peuvent leur permettre de fe prévaloir de l'Arrêt du 24 Janvier, c'eft à eux-mêmes qu'ils devront s'en prendre de tout ce qu'aura de flétriffant, pour la répu-tation de ces Meffieurs, la publicité des récla-mations que j'entends faire auprès de Sa Majefté, conformément à ce que ledit fieur Cazenove a ex-pliqué par fon exploit de fignification du 3 courant ; en attendant, ledit fieur Cazenove ne peut ac-cepter la fomme préfentement offerte, que comme un à-compte ; mais jufqu'à ce que ces Meffieurs auront acquitté toute la fomme, ledit fieur Caze-nove confervera les titres qu'il a à la charge de ces Meffieurs, pour les faire valoir fuivant que les circonftances & la permiffion de Sa Majefté lui en fournira les moyens.

N.° V.

COPIE du Mémoire présenté le 12 Février 1785, à Monseigneur le Contrôleur-Général des Finances, & à M. LENOIR, Lieutenant-Général de Police, par les Sieurs THÉOPHILE CAZENOVE, Banquier à Amsterdam ; ET. CLAVIERE, l'aîné, actuellement à Paris ; J. J. CLAVIERE, le jeune Banquier à Bruxelles.

L'ARRET du Conseil 24 Janvier dernier, qui annule les marchés sur les dividendes du dernier semestre de la caisse d'escompte, est l'objet de la réclamation contenue au présent mémoire ; cet Arrêt compromet l'honneur des soussignés, & les prive d'une propriété légitimement acquise sans qu'ils ayent été entendus.

Les soussignés se manqueroient à eux-mêmes & croiroient manquer à la confiance qu'ils ont dans la justice de Sa Majesté, & dans l'équité de ses Ministres, s'ils ne lui présentoient pas leur réclamation, s'ils ne l'appuyoient de tous les motifs qui doivent la faire accueillir.

Tel sera l'objet de la requête qu'ils se proposent de présenter à Sa Majesté en son Conseil.

Ils y difcuteront les faits & les motifs qui ont engagé les Commiſſaires à folliciter cet Arrêt; ils y prouveront qu'ils l'ont réclamé fans y être autorifés, & qu'ils ont appuyé leur réclamation fur un expofé faux & partial.

Les fouſſignés ne rappelleront pas aux Miniſtres les faits qui ont précedé cet Arrêt; ils leur font bien connus. Il fuffira de rappeller que l'Arrêt du 16 Janvier a confacré, malgré toutes les réclamations des Commiſſaires, les principes qui ont fervi de bafe à la fpéculation des fouſſignés, principes qu'ils n'ont jamais diſſimulés.

Les fouſſignés font des Négocians étrangers; en faifant ces marchés, ils fe font conformés, non-feulement à l'ufage autorifé par la loi en Hollande & pratiqué en Angleterre, mais à un ufage connu & pratiqué en France, où notamment, dans le cours de l'année 1784, les Négocians & les Financiers les plus accrédités ont négocié par prime un nombre confidérable d'actions de la Caiſſe d'efcompte.

Ils ont fait ce qu'ils ont vu faire aux meilleures maifons de commerce de Paris. Le fieur Cazenove, l'un d'entre eux, a été fouvent chargé par les fieurs Pache, freres, & par d'autres banquiers de Paris, de faire des marchés en primes pour eux en Hollande. Ces maifons touchoient, fans aucun fcrupule, quand elles gagnoient, payoient fans balancer quand elles perdoient. Il a donc été autorifé par leur exemple, & il a contracté avec eux fous la foi que ces marchés étoient légitimes en France, & quoique la loi ne parlât ni pour, ni contre eux, l'honneur les faifoit toujours & les fait encore exécuter; car depuis la publication de l'Arrêt, les fieurs Laval & Wilfelcheim & autres, ont exigé & reçu des actions du fieur Claviere, que celui-ci leur avoit vendues à prime.

L'opinion que les fouffignés avoient de l'honneur des acheteurs, la preuve qu'ils avoient de l'ufage établi, ont été des motifs fuffifans pour juftifier leur action: ils ne connoiffoient pas de loi qui profcrivît ces marchés, pas de loi qui les affimilât aux jeux du hazard. L'Arrêt du 24 Janvier eft le premier qui porte cette profcription & cette application. Jufqu'à fa publication, il n'eft aucun négociant, aucun des acheteurs, qui ne regardât ces marchés comme très-licites; & ce n'eft que depuis qu'aveuglés par leur intérêt, ils ont changé de langage pour fe difpenfer de payer leur perte. Cette confidération & celle fur-tout de la bonne-foi des vendeurs, font des motifs fuffifans pour les perfuader que, par rapport à eux, au moins l'Arrêt n'aura point d'effet rétroactif. Il ne pourroit en avoir que dans un cas: dans celui où il feroit prouvé que ces marchés péchent

par la bonne-foi. Telle a été, fans doute, l'intention de ·Sa Majefté; Elle eft trop jufte pour
vouloir, en profcrivant ces marchés, annuler, par
un effet rétroactif, ceux qui ont été autorifés
par l'ufage & foufcrits fous le fceau de la bonne-
foi : fûrement Elle n'a entendu difpenfer de payer
que ceux à l'égard defquels il y auroit eu mauvaife foi; fûrement elle n'a pas entendu favorifer
la mauvaife foi des acheteurs, qui, quoique
n'ayant point été trompés, ne veulent pas remplir leurs engagemens, & qui feignent de croire
que l'Arrêt leur en donne l'ordre exprès, comme
fi l'Arrêtdéfendoit à qui que ce foit de payerce que
fa confcience lui ordonne de payer; comme fi on
pouvoit fuppofer que Sa Majefté veut punir
l'honnête vendeur en le privant de ce qui lui eft
dû, & favorifer l'acheteur de mauvaife foi, en
l'exemptant de payer ce qu'il doit.

Puifque ces acheteurs prétendent qu'il y a eu
mauvaife foi de la part des vendeurs, puifqu'ils
en ont fuggéré le foupçon au Confeil, puifque
ce foupçon a été réalifé par l'Arrêt, il faut qu'ils
prouvent cette affertion. Eft-ce fur une fuppo-
fition diftée par l'intérêt que l'on condamneroit
les fouffignés ? Eh ! qui mieux que M. le Contrôleur-général connoît l'impoffibilité où ils font
de faire cette preuve. Ils ont imprudemment
avancé que les fouffignés avoient eu, avant le

marché, connoissance que le Ministre étoit résolu
à donner l'Arrêt du 16 Janvier. Cette affertion,
qui prête aux souffignés une influence sur le
Ministre qu'ils n'ont pas l'honneur de connoître,
est trop ridicule, trop abfurde pour qu'on la réfute.
Un feul fait la détruit. Si les souffignés, âpres de
gain & pleins de mauvaife foi, comme on les peint,
euffent eu connoiffance de l'Arrêt, auroient-ils,
quelques jours avant fa publication, refufé des
ventes confidérables de dividendes qu'on leur
demandoit ?

Lorfque tant de maifons de banque de Paris,
informées des fecrets des cabinets, ont envoyé
à Amfterdam & à Londres des couriers avec des
ordres pour acheter ou pour vendre des fonds
anglais, eft-il à Londres, malgré la profcription,
& à Amfterdam, feulement une feule perfonne qui
ait refufé de payer les différences en alléguant
qu'on étoit inftruit des événemens politiques ? &
cependant on l'étoit, tandis que les souffignés
n'ont eu, ni pu avoir aucune certitude que les
Adminiftrateurs de la Caiffe d'efcompte ne feroient ramenés à l'ordre que par un Arrêt du
Confeil.

L'honneur des souffignés eft lui-même trop
cruellement compromis par cette affertion de
mauvaife foi, par l'Arrêt qui femble l'avoir adopté
par la publicité donnée à leurs opérations & à

leurs noms, pour qu'ils n'employent pas tous les moyens propres à effacer l'impreſſion qu'a dû cauſer cet Arrêt & le refus de payer les différences.

Ils ſont négocians & banquiers, & la réputation de probité eſt la premiere qualité du négociant, la premiere loi du commerce. Si leurs adverſaires ne les payent pas, & que les souſſignés abandonnent leurs pourſuites, ils ſe condamnent par leur abandon, & le public ſera autoriſé à conclure qu'il y a eu mauvaiſe foi dans la ſpéculation, puiſqu'on la laiſſe dans l'oubli. Les souſſignés doivent donc s'attacher hautement à détruire la tache dont on ternit leur nom : ils ne peuvent goûter un ſeul moment de repos, qu'ils n'ayent forcé leurs adverſaires à payer & à réparer l'effet de leurs calomnies.

Ils le doivent ; ils y ſont déterminés ; l'honneur & la juſtice leur en font une loi : ils leur impoſent l'obligation de ſe juſtifier, & de dévoiler l'infidélité de leurs adverſaires ; l'Arrêt court par toute l'Europe : le recueil des piéces a la même publicité. N'eſt-il pas déjà aſſez douloureux pour les souſſignés, que, quoiqu'ils faſſent, jamais la juſtification ni la réparation ne ſeront égales à l'offenſe ? La calomnie pénétre par-tout & vole rapidement.

La

La juſtification ne la ſuit pas immédiatement, &
par-tout elle eſt toujours trop lente.

Leurs adverſaires prévoyent déjà la néceſſité
de cette réparation ; ils ſentent bien qu'ils ſont
déshonorés, s'ils ne rempliſſent pas leur engagement ; que l'Arrêt, s'il les acquitte aux yeux de
la loi, ne les acquitte pas aux yeux de l'honneur:
ils ſentent bien que cet Arrêt ne peut forcer
l'opinion des banquiers honnêtes à les eſtimer ;
c'eſt ce qui a, ſans.doute , engagé les ſieurs Pache,
freres, à offrir, pour retirer leur engagement ,
la moitié & plus de ce qu'ils ont perdu. Le ſieur
Cazenove a rejeté cette offre comme inſuffiſante.
Mais l'offre des ſieurs Pache, freres, ne doit-
elle pas les condamner aux yeux de Sa Majeſté
& du Miniſtre ? car ne doivent-ils pas tout, s'ils
croyent devoir moitié ? Que n'imitent-ils plutôt
l'honorable conduite de M. Gaillard !

Enfin, le ſieur Cazenove, intéreſſé pour la majeure partie dans ces marchés, doit encore obſerver qu'il eſt Hollandois. Les loix d'Hollande
autoriſent ces marchés ; s'il eût perdu , & que ſes
adverſaires ſe fuſſent préſentés en Hollande, leur
marché à la main, il eût été condamné : il doit
donc eſpérer d'avoir ici la même action contre
eux.

Les ſieurs Claviere auroient pu ſe trouver
dans un cas ſemblable : l'un d'eux eſt établi à

D

Bruxelles, où aucune loi ne proscrit ces marchés: l'autre étant exilé de sa patrie, pouvoit être attaqué par-tout où il porteroit ses pas.

Mais leurs adversaires savent bien qu'ils n'auroient pas été dans le cas de les poursuivre, & qu'ils auroient payé sans élever aucune objection ; c'est encore ce qui aggrave le procédé des premiers.

Les soussignés esperent donc de la bienveillance des Ministres, qu'ils voudront bien ou ordonner l'exécution des engagemens qui ont été contractés sur la foi publique, ou appuyer la réclamation qu'ils sont nécessités de porter à Sa Majesté & à son Conseil.

N.º V I.

LETTRE adreſſée par M. THÉOPHILE CAZENOVE, d'Amſterdam, à Meſſieurs FULCHIRON, freres, de Lyon; GAUDY, BARDE, & freres TORRAS, de Genève; J. A. PALLARD, de Paris; & R. PITOT, de Bordeaux;

Au ſujet des Ventes qu'il leur a faites des Dividendes de la Caiſſe d'Eſcompte, & de leur refus de lui payer les différences.

Paris, le 5 Mars 1785.

MESSIEURS,

C'eſt à regret que je me vois forcé de vous pourſuivre juridiquement, d'uſer contre vous de ma derniere reſſource, celle de la publicité : elle accompagnera néceſſairement ma réclamation à la Juſtice du Roi, pour en obtenir le payement des ſommes que vous me devez.

Vous ne pourrez vous en prendre qu'à vous,

D ij

fi je conftate aux yeux de tous les Commerçans
de l'univers que vous manquez à la bonne-foi,
& que vous violez envers moi les engagemens les
plus clairs, les plus précis. Ils vous condamnent,
fans équivoque, à me payer les différences que
vous me devez fur les dividendes de la Caiffe d'efcompte que je vous ai vendus ; & vous n'avez pas
pu croire que, vous connoiffant une fortune confidérable, & la prétention à conferver une réputation intacte, je vous laifferois paifiblement
maîtres de mon bien, que je me contenterois
de vos objections calomnieufes & frivoles.

.. Je vous ai laiffé tout le loifir néceffaire pour
revenir à vous-mêmes : je n'ai rien négligé pour
prévenir l'éclat ; vos refus m'ont paru fi extraordinaires, fi éloignés de ce que des Négocians
doivent à leur honneur, à la juftice, à leur crédit,
que j'ai tout efpéré du tems & de l'exemple qui
vous a été donné par ceux qui ont été dans votre
cas : j'ai fur-tout efpéré que le defir témoigné
par Monfieur le Lieutenant-Général de Police de
vous voir entrer en conciliation, la peine qu'il
a bien voulu prendre pour vous y amener, pro-
duiroient chez vous des réflexions falutaires.
Tout paroît avoir été inutile jufqu'à ce moment ; & même tandis que je garde le filence,
vous vous efforcez, & par écrit & de vive voix,
d'établir, fur de faux expofés, une opinion qui

vous foit favorable, qui vous fauve des conféquences immédiates de vos refus, jufqu'à ce que
l'oubli vienne plus efficacement à votre fecours,
fi jamais vous pouvez vous oublier vous-mêmes.

Mais vous ne fongez pas, MM. que ceux à
qui vous devez ont auffi une réputation à conferver, & que s'ils vous laiffoient tranquillement
compofer avec votre confcience, ils déclareroient
par-là qu'ils n'ont contre vous que des droits acquis par des moyens honteux.... Défabufez-vous
tandis qu'il en eft tems : je vous le déclare de la
manicre la plus authentique; je ne me foumets
point comme vous aux motifs flétriffans de l'Arrét
du 24 Janvier. Cet Arrét ne peut priver de leur
honneur & de leur propriété que ceux qui l'ont
mérité. S. M. l'a jugé ainfi elle-même, en évo-
quant à elle les conteftations qu'il feroit naître.

Je ne puis pas vous empêcher de confentir à
être regardés comme ayant été déterminés dans
vos achats de dividendes par des vues & des
moyens condamnables: quant à moi, qui vous en
ai vendu, je n'ai aucun de ces reproches à me
faire : je ne confentirai jamais à refter fous des
inculpations que je ne mérite point; & je pa-
roîtrois les avouer, fi je ne pourfuivois pas mon
payement, comme vous avouez que vous le mé-
ritez, fi vous perfiftez à profiter de cet Arrét
qui nous condamne les uns & les autres.

Vous devez, cela est incontestable: tout ce qu'il peut y avoir de repréhensible dans les motifs de vos achats, ne sauroit annuler cette obligation ; mais vous me devez à moi, & à moins que vous ne prouviez que je ne mérite pas de recevoir, ce qu'en tout état de cause vous ne pouvez pas garder, j'ai droit d'espérer de la Justice du Conseil de S. M. que je serai mis en possession de ce que j'ai acquis par nos marchés & vos engagemens. Oui: il faudra que vous renonciez hautement à votre prétention d'être des Négocians pleins d'honneur, intègres, délicats même, ou il faudra que vous teniez dans le Conseil de S. M. les mêmes discours que vous tenez dans vos Lettres & dans les Compagnies dont il vous importe de vous concilier les suffrages. Or, quel est ce langage ? « Que ce n'est point de l'Ar- » rêt du 24 Janvier que vous prétendez vous » prévaloir ; que vous sentez qu'il ne peut dé- » lier que des hommes sans délicatesse, sans hon- » neur, sans conscience ; qu'en un mot, il flétrit » celui qui veut s'en autoriser pour se soustraire » à ses engagemens, parce qu'il les annulle, & » que vous ne voulez pas être flétri «. Mais vous ajoutez, « que vous ne voulez pas me payer, » parce que vous êtes certains que, lorsque je » vous ai vendu des dividendes, j'étois informé » que l'Arrêt du 16 Janvier auroit lieu. »

Et je ne puis pas douter que ce ne foit là le
langage que vous tenez à vos amis ; car fans cela
vous les mettriez mal à leur aife avec vous. Quelle
doit donc être la conféquence de cette maniere
de vous défendre ? Il faudra que vous prouviez
que j'étois certain que l'Arrêt du 16 Janvier auroit lieu, & cela au tems où je vous ai vendu
des dividendes; ou, ne pouvant faire cette preuve,
il faudra que vous me payiez ce que vous me devez, en conféquence de vos engagemens Il
eft impoffible que vous fortiez *avec honneur* de
ce diléme. Remarquez que je dis *avec honneur,*
car fans honneur on peut fortir de tout, même
des mains des archers.

Vous n'ignorez pas que perfonne ne peut pré-
texter un foupçon de mauvaife foi pour fe fouf-
traire à fes engagemens. Si cette défaite étoit
admife, tous les contrats, toutes les tranfactions, toutes les affaires feroient foumifes au plus
funefte brigandage. Ofez, MM. dire vous-mêmes
publiquement ce que vous penferiez d'un Débiteur qui refuferoit de vous payer, en alléguant
qu'il vous foupçonne de l'avoir trompé. . . . ; d'un
Débiteur qui fe cacheroit derriere un acte obtenu contre fon créancier, fans que celui-ci eût
été entendu ?

Mais avez-vous bien réfléchi à ce que vous
faites ? Vous êtes-vous repréfenté toutes les

D iv

raifons contre lefquelles vous aurez à vous défendre ? Que dis-je ? Les humiliations que vous
aurez à dévorer , quand, réduits à l'Arrêt du 24
Janvier , que vous repouffez à préfent , vous verrez les motifs fur lefquels il a été obtenu du
Roi , fe changer en expofés faux, en vues par-
tiales , en furprifes évidentes faites à la Religion
de S. M. au moins dans tout ce qui concerne mes
tranfactions avec vous?

Il y a plus : quand ce que je déclare être abfolument faux feroit vrai , quand j'aurois eu con-
noiffancé de l'Arrêt du 16 Janvier, il faudroit
prouver que j'étois certain, dès le 29 Novembre
& 4 Décembre , dates de vos engagemens , que
les événemens obligeroient à le rendre. Et vous
favez vous-mêmes que cela eft impoffible. Vous
n'ignorez pas qu'il n'a tenu qu'aux Adminiftrateurs
d'éviter cet Arrêt ; qu'il n'a été rendu qu'à caufe
de l'intention manifeftée par l'Affemblée générale
de la Caiffe d'efcompte de fixer au lieu d'un dividende jufte , conforme à la nature des chofes ,
un dividende abufif. Que réfulte-t-il donc de
votre accufation ? Que ce n'eft pas l'Arrêt qui
vous empêche de payer, mais l'obftacle qu'il a
mis à un dividende abufif; que c'eft en faveur
d'un tel dividende que vous aviez *gagé*, & que,
n'ayant pu l'obtenir, vous refufez, par humeur,
de payer la gageure que vous avez perdue.

Si vous pouviez prouver que le dividende à
150 liv. eft au-deffous de ce qu'il doit être en
vertu des Statuts, de la juftice & des bénéfices de la Caiffe, vous pourriez vous plaindre de
l'Arrêt, mais non pas en exciper contre moi.
Direz-vous encore que je n'ai pu ou dû parier
que d'après une connoiffance particuliere des in-
tentions du Miniftre ? Avois-je befoin d'être dans
la confidence du Miniftre pour favoir qu'on vouloit un dividende abufif, & que le Miniftre ne
laifferoit pas la Caiffe d'efcompte à la merci
de l'intérêt paffager & deftructif de la confiance
publique qui demandoit ce dividende ? Ce, qui
s'eft manifefté depuis, n'a-t-il par prouvé que
mon pari étoit raifonnablement faifable, & par
conféquent légitime, & qu'il n'y a que l'étourdiffement où vous a jetté votre perte qui ait
pu produire vos illufions?

Et d'où vient cet étourdiffement ? Pourquoi
vous femble-t-il furnaturel que j'aie gagné mon
pari ? Certes, Meffieurs, c'eft ici où votre bonne
foi doit vous embarraffer, car votre perte vous
fembleroit *naturelle*, fi vous n'aviez pas compté
fur le fuccès de vos arrangemens pour obtenir
un dividende abufif; arrangemens qui vous ont
paru tellement fûrs, que, jufqu'à la veille de l'Arrêt, on faifoit encore offrir d'acheter des dividendes..... J'ai fur cela des détails & des preuves

qui rendent votre accufation tout-à-la-fois abfurde & coupable.

En vérité, on ne conçoit pas votre aveuglement, quand on fe repréfente toutes les circonftances qui doivent vous empêcher d'adopter ce genre de défenfe. Songez donc qu'il s'eft écoulé fix femaines, depuis la date de nos marchés, jufqu'au jour de l'Arrêt; & que, durant les trois dernieres, il n'étoit bruit, parmi vous, que de cet Arrêt, & de la connoiffance que vous prétendiez que j'en avois; car vous n'avez fait depuis que répéter vos calomnies. Cependant, comment vous êtes-vous comportés durant ces trois dernieres femaines qui ont précédé l'Arrêt? A-t-on ceffé les marchés? Etes-vous venus me propofer de réfilier les nôtres, par la raifon qui devoit déjà exifter dans votre efprit que je gageois à coup sûr, & que de telles gageures font illicites? Non, Meffieurs, on a, au contraire, provoqué les vendeurs de dividendes à de nouvelles ventes; on a fait folliciter par-tout pour multiplier ces mêmes engagemens auxquels vous refufez aujourd'hui de fatisfaire...... Que ferois-je maintenant en droit d'en conclure? Que c'eft vous, oui vous, qui comptiez déjà pouvoir vous faire relever de vos marchés, s'ils tournoient à votre défavantage, & que, faifant fonds fur cette reffource, vous cherchiez à accumuler des primes dans vos mains, à

acheter des dividendes à 170 & 180 liv. dans
l'espoir de réussir par votre nombre, votre crédit,
vos exposés insidieux, vos sollicitations lamen-
tables à éviter l'Arrêt du 16 Janvier (1), & à
rester libres de pouvoir fixer le dividende à 212 l.
Ce n'est pas moi qui invente ces récriminations
apparentes ; c'est votre conduite, ce sont vos faits
qui l'établissent. Elle restera prouvée tant que vous
persisterez à vous refuser à vos engagemens.

Car, remarquez bien que la persévérance à vouloir acheter des dividendes jusqu'au dernier moment, & vos démarches extraordinaires pour faire
retirer l'Arrêt du 16 Janvier, prouvent votre
complot, tandis que mes refus d'augmenter le
nombre de mes ventes, sont en contradiction ma-
nifeste avec la prétendue connoissance que vous
m'attribuez de cet Arrêt. Oui, Messieurs, vous
avez montré la plus grande confiance dans la fixation d'un dividende au-dessus de 200 liv. , & moi
le plus grand doute qu'une fixation équitable &
modérée réussiroit, puisque, si j'avois agi d'après
la certitude contraire que vous me supposez, loin

_____

(1) Il ne faut pas confondre les deux Arrêts. Celui du
16 Janvier rappelloit les Actionnaires de la Caisse d'escompte à l'ordre, & les Acheteurs de Dividendes ont fait
l'impossible pour qu'il fût retiré. Celui du 24 Janvier annulle
les marchés de Dividendes, & les Acheteurs l'ont fait solli-
citer. *Note de l'Editeur.*

de me borner aux marchés que j'ai faits, j'aurois sans doute accepté ceux qui m'étoient offerts de toutes parts.

Si donc vous perfiftez à ne vouloir pas payer votre perte, il fera évident que vous ne vous ferez déterminés à vos marchés que par l'efpérance d'etre maîtres du dividende, ou par celle d'obtenir fecrettement la caffation de ces marchés, fi vous étiez trompés dans la premiere. Je ne vous en rapporte pas ici toutes les preuves: j'en ai de particulieres à MM. Gaudy, Barde, & frères Torras, que je ferai valoir en tems & lieu. Ils s'en vont difant, comme les autres, qu'ils payeroient leur perte, fi la fixation du dividende eût fuivi un ordre naturel...... Un ordre naturel! Voudroient-ils bien expliquer ce qu'ils entendent par-là? car jufqu'à préfent il eft démontré que cet ordre naturel étoit, felon eux, une fixation abufive, une fixation au-deffus de 200 liv.

Et MM. Fulchiron, freres, comment prouveront-ils leur bonne foi, autrement qu'en payant la perte qu'ils ont faite? Croiront-ils que M. Say voudra cacher ce que d'ailleurs je tiens écrit de fa main? Qu'ayant, par hafard, apperçu, entre les fiennes, trois compromis, chacun de mille dividendes, que M. Say portoit à figner à MM. Gaudy, Barde & Torras, MM. Fulchiron les ont arrêtés, les ont fignés eux-mêmes, & ont en quelque forte

forcé M. Say à traiter avec eux, à leur livrer les
15000 liv. de primes, deftinées à MM. Gaudy,
Barde & Torras, avant même que d'avoir mon
confentement..... Quelle explication pourra recevoir cette étonnante conduite, fi MM. Fulchiron
ne fe hâtent pas de la prévenir en me payant?

Quant à vous, MM. Pallard & R. Pitot, je ne
vous connois pas. Des amis, dans lefquels je de-
vois avoir de la confiance, m'ont dit que je ne cou-
rois aucun rifque en contractant avec vous : c'eft
à vous à leur éviter le regret de m'avoir précipité
dans des mains moins ouvertes aux infpirations
de l'honneur qu'aux fuggeftions de la cupidité.

Tous, tant que nous fommes, Meffieurs, nous
avons voulu faire un marché avantageux, mais
nous ne le pouvions pas tous enfemble : il falloit
que l'un des côtés perdît ce que l'autre gagneroit.
Vous devez donc avoir prévu que vous pourriez
perdre ; au moins devez-vous en convenir. Et
qu'eft-ce qui pouvoit vous faire perdre ? Toute
caufe légitime par laquelle les dividendes de la
Caiffe d'efcompte feroient fixés au-deffous du prix
auquel ils vous ont été vendus. Vous ne conteftez
pas la légitimité de la caufe qui a ramené l'Affemblée à l'ordre, qui a empêché que les ftatuts, la
juftice, l'ufage, la convenance fuffent violés : vous
avez même fini, après l'obtention de l'Arrêt du 24
Janvier, par convenir que la fixation du dividende

à 150 liv. étoit jufte & fage (1). Pourquoi donc
perfifteriez-vous à me retenir le paiement de la
perte que vous avez faite? Répéterez-vous que
c'eft parce que j'avois connoiffance de l'Arrêt du
16 Janvier? Je vous déclare de nouveau que je
n'en avois aucune, que c'eft une calomnie; mais
je vous demanderai encore où font vos titres pour
m'adreffer un tel reproche?.... En eft-il un feul
d'entre vous, qui, ayant une connoiffance préma-
turée de la paix ou de la guerre, ne voulût mettre
en ufage toute fon habileté, fon induftrie pour
en profiter? Cependant, en quoi confifteroit cette
induftrie? à vendre ou acheter, felon la nature du
fecret, des marchandifes ou des fonds publics, à
des prix auxquels il n'y auroit ni acheteurs ni
vendeurs fi le fecret étoit connu. Mais confultez-
vous encore fur le cas dont il s'agit entre nous.
M'auriez-vous rendu mes primes, fi les dividendes
euffent été fixés au-deffus du prix auquel je vous
les ai vendus? Que dis-je? Ne m'auriez-vous pas
ridiculifé, bafoué, fi je vous en euffe demandé la
reftitution en alléguant qu'une telle fixation étoit
abufive, qu'elle furpaffoit les bénéfices réels,
qu'elle étoit le fait d'une cabale, que c'étoit une
violence faite à la conftitution de la Caiffe, une

---

(1) Recueil des pieces relatives à la fixation du Dividende de la Caiffe d'efcompte, *pag.* 52.

atteinte à la propriété , &c. &c. ? Cependant j'aurois eu raifon dans toutes ces allégations , tandis
que vous ne pouvez pas en fournir une feule jufte ,
contre la fixation qui a été faite.

[Je vous laiffe réfléchir fur ma Lettre & fur
vous-mêmes, J'attendrai jufqu'au 20 Mars courant la réponfe que vous jugerez à propos d'y
faire; & fi, au bout de ce terme, je n'ai aucun figne
de votre part qui me difpenfe du recours à la juftice du Roi, je me tiendrai pour complettement
convaincu que ce recours fera déformais mon
unique reffource.

J'ai l'honneur d'être , &c.

Signé , THÉOPHILE CAZENOVE.

N.º VII.

N.º VII.

EXTRAIT des Regiſtres du Conſeil d'Etat.

Sur la requête préſentée au Roi en ſon Conſeil, par les ſieurs Gaudy, tant en ſon nom perſonnel que pour lui & ſa Maiſon de Commerce établie à Geneve, ſous la raiſon de Barde & freres Torras; André Pallard, Négociant; Robert Pitot, Négociant à Paris, & Fulchiron, tant en ſon nom que pour ſa Maiſon de Commerce établie à Lyon, ſous la raiſon de Fulchiron & freres : contenant qu'ils avoient lieu de croire que d'après l'Arrêt du Conſeil du 24 Janvier 1785, il ne leur reſtoit d'autre ſoin que celui de publier avec les Actionnaires de la Caiſſe d'eſcompte, & tous les gens inſtruits, la ſageſſe des diſpoſitions de cet Arrêt. Mais ils ſe voyent obligés de recourir encore à la Juſtice de Sa Majeſté par le refus qu'a fait le ſieur Cazenove de ſe ſoumettre audit Arrêt. Les Supplians ne ſe permettront aucunes réflexions ſur une affaire déjà préjugée par l'opinion publique : ils ſe borneront au ſimple récit de leur diſcuſſion perſonnelle. Ils ont tous acheté du ſieur Cazenove; ſavoir, le ſieur Gaudy, tant en ſon nom

que

que pour sa Maison, 3500 dividendes; le sieur Pallard, 600; le sieur Pitot, 500; & le sieur Fulchiron, 3600. Au moment de leurs traités, ils étoient persuadés que ces dividendes embrasseroient les bénéfices résultans de l'escompte de tous les effets existans au porte-feuille à l'époque du 31 Décembre 1784, & ils avoient calculé sur des résultats proportionnés. L'Arrêt du Conseil du 16 Janvier 1785, leur a fait appercevoir leur erreur. Sa Majesté a daigné annoncer que d'après le compte qu'elle s'étoit fait rendre, elle avoit reconnu l'inégalité des conditions dans l'avantage qu'avoient procuré aux uns au préjudice des autres, des connoissances dont on s'étoit prévalu; cependant le sieur Cazenove persiste à vouloir faire exécuter les marchés qu'il a faits avec les Supplians. Il ne pouvoit leur fournir 7600 dividendes, puisqu'il n'y en avoit pour l'intégralité du sémestre que 5000. Mais il a pris le parti de les sommer chacun séparément de lui payer les différences qui se trouvoient entre le prix de 185 liv. auquel il avoit vendu chaque dividende, & celui de 250 liv. auquel ce dividende avoit été fixé : il paroît avoir oublié les circonstances qui avoient détruit ces sortes de paris, & vouloir lutter contre les dispositions de l'Arrêt du Conseil du 24 Janvier 1785. Pour s'y conformer ceux des Supplians qui avoient reçu des primes,

E

lui en ont offert la reſtitution réelle & effective par
exploit des 18 & 19 Février ; l'ont ſommé
d'accepter leſdites offres, & de leur remettre
leurs engagemens, ce que le ſieur Cazenove a
refuſé : & le croiroit-on ? il a oſé motiver ſon
refus, ſur ce que l'honneur & la conſcience ne
permettoient pas aux Supplians de ſe prévaloir de l'Arrêt du Conſeil du 24 Janvier dernier.
Sans approfondir ſi le ſieur Cazenove a pu ſe
permettre de tenir un pareil langage , les Supplians ſe borneront à obſerver, que l'honneur
& la conſcience n'obligent à entretenir que des
engagemens purement libres & qui ne reçoivent
aucun obſtacle intermédiaire. Il faut ſur-tout , en
fait de contrats aléatoires, qu'il y ait égalité de riſ-
ques , droit réciproque de contrainte & d'exécution. Ici toutes ces conditions diſparoiſſent , ſans
parler de l'intrigue qui a préſidé l'agiotage , &
des avantages que des connoiſſances particulieres
devoient néceſſairement procurer aux uns, au
préjudice des autres. Il ſuffit de dire qu'au
moment des traités, l'intervention de l'Arrêt du
16 Janvier , publié le 19, avoit pu être prévue,
& que cette loi impérieuſe de la fixation du
dividende eſt devenue une force majeure, qui ,
dans le droit naturel, comme dans le droit
poſitif de toutes les nations, porte atteinte aux
conventions. Cet Arrêt a été ſuivi de celui du

24 du même mois , qui, juſtifiant les conſéquences
du précédent , a annullé tous les marchés relatifs
aux dividendes. D'après cet Arrêt rendu dans
un moment où le dividende n'étoit pas encore
fixé , tout le monde a été obligé de conſidérer
ces ſortes de marchés comme nuls , parce qu'il
n'y avoit plus de droit exécutoire , plus de conventions ſynallagmatiques ; & ſi le ſieur Cazenove
eût trouvé de la perte , auroit-il exécuté ſes
marchés ? Il l'affirmera peut-être , mais l'oracle
de la loi eſt plus ſûr ; ſes motifs juſtifient aſſez
le parti que les Supplians ſe voyent forcés de
prendre , à l'effet de ſe faire rendre les traités
que ledit ſieur Cazenove veut conſerver , pour
en faire , dit-il, uſage dans d'autres circonſtances.
Et pour juſtifier du contenu en la préſente , les
Supplians y joindront les pieces qui ſuivent.
La Ire , du 3 Février 1785 , eſt une ſignification
faite au ſieur Gaudy, par exploit de Lamanque,
Huiſſier à cheval, à la requête du ſieur Cazenove,
par laquelle il requiert l'exécution des engagemens contractés entr'eux , nonobſtant l'Arrêt du
24 Janvier 1785. La ſeconde, du 18 dudit mois,
ſont des offres réelles de la ſomme de 18,000 liv.
pour reſtitution de la prime que le ſieur Cazenove
avoit payée audit ſieur Gaudy, faite à la requête
de ce dernier ; aux noms qu'il procede, au ſieur
Cazenove, au domicile par lui indiqué par l'exploit

ci-deſſus chez les ſieurs Deleſſert & Compagnie,
parlant à un de ſes aſſociés, qui a dit n'avoir
aucune connoiſſance de cette élection de domicile,
attendu que le ſieur Cazenove étoit lui-même à
Paris, logé rue des Filles-Saint-Thomas, Hôtel
d'Angleterre ; en conſéquence a refuſé leſdites
offres. La troiſieme, du lendemain, eſt la répétition
deſdites offres, & contient une réponſe auſſi
déplacée, qui eſt contraire au reſpect dû aux
Arrêts du Conſeil de Sa Majeſté. La quatrieme,
ſont les offres réelles faites à la requête du ſieur
Pallard, de la ſomme de 3,000 liv. pour pareille
reſtitution de prime au ſieur Cazenove, au domicile
par lui élu, chez les ſieurs Deleſſert & Compagnie, parlant à un des aſſociés, qui a fait la même
réponſe que celle portée en l'exploit deſdites
offres faites par le ſieur Gaudy. La cinquieme,
du 19, eſt la répétition deſdites offres faites audit
ſieur Cazenove, parlant à ſa perſonne, leſquelles
offres il a refuſé avec les mêmes expreſſions que
celles dont il s'eſt ſervi dans ſa réponſe au ſieur
Gaudy. La ſixieme, du 3 Février 1785, eſt unes
ſignification faite au ſieur Robert Pitot, par exploit
dudit Lamanque, à la requête du ſieur Cazenove,
par laquelle il réclame l'exécution des engagemens contractés entr'eux, nonobſtant l'Arrêt du
24 Janvier précédent. La ſeptieme, du 18 dudit
mois, eſt un acte de proteſtation fait à la requête

du fieur Pirot, contre la fommation à lui faite par ledit fieur Cazenove le 3 dudit mois , & par lequel il demande la reftitution des engagemens contractés entre eux, comme étant annullés par l'Arrêt du Confeil du 24 Janvier 1785. La huitieme, du 18 Février, font des offres réelles faites audit fieur Cazenove, a domicile du fieur Deleffert & Compagnie, de la fomme de 15,000 liv. à la requête du fieur Fulchiron, ès noms qu'il procéde, parlant au fieur Deleffert, qui a dit n'avoir aucune con- noiffance de cette élection de domicile, attendu que ledit fieur Cazenove réfidoit à Paris, & a refufé lefdites offres. La neuvieme & derniere, du lendemain 19, font les offres de pareille fomme de 15,000 liv. à la même époque , requête & au- dit fieur Cazenove, parlant à fa perfonne, qui les a auffi refufé. Requéroient à ces caufes les Supplians, qu'il plût à Sa Majefté donner acte auxdits fieurs Gaudy, Pallard & Fulchiron, des offres réelles par eux faites, chacun à leur égard; favoir, par le fieur Gaudy, de la fomme de 1800 liv. ; par le fieur Pallard, de celle de 3,000 liv. & par le fieur Fulchiron, de celle de 15,000 liv. pour reftitution des primes qu'ils avoient reçus dudit fieur Cazenove, déclarer lefdites offres bonnes & valables ; ce faifant, autorifer lefdits fieurs Gaudy, Pallard & Fulchiron à dépofer, aux rifques, périls & fortune du fieur Cazenove,

lefdites fommes par eux offertes, ès mains de tels
Banquiers, Notaire ou autre perfonne publique
qu'il plaira à Sa Majefté de défigner; quoi faifant,
lefdits fieurs Gaudy, Pallard & Fulchiron feront
valablement quittes & déchargés de la reftititution
defdites primes; ordonner que ledit fieur Cazenove
fera tenu de rapporter & remettre au dépofitaire
défigné les marchés de dividendes du dernier
fémeftre de la Caiffe d'efcompte, fait entre lui
& les Supplians, comme nuls & de nul effet, aux
termes de l'Arrêt du Confeil du 24 Janvier
1785, & ce dans quinzaine à compter du jour
de la fignification de l'Arrêt à intervenir, & pour
obliger ledit fieur Cazenove à rapporter lefdits
marchés, prononcer contrainte, & par corps
jufqu'à la fomme de 50,000 liv. envers chacun
des Supplians; ordonner au furplus, qu'en faifant
la remife defdits traités au dépofitaire qui fera
defigné, celui-ci fera tenu de délivrer audit fieur
Cazenove les fommes dont il fera dépofitaire
quoi faifant, il en fera valablement quitte &
déchargé, & condamner ledit fieur Cazenove
aux dépens. Vu ladite requête fignée Duboif-
martin, Avocat du Suppliant, enfemble les
pièces y énoncées & jointes: Oui le rapport du
fieur de Calonne, Confeiller ordinaire au Confeil
Royal, Contrôleur général des Finances: Le Roi
en fon Confeil a ordonné & ordonne que l'Arrêt

du Conſeil du 24 Janvier 1785, ſera exécuté ſelon
ſa forme & teneur ; en conſéquence que la requête
des ſieurs Gaudy, Pallard & Fulchiron ſera
communiquée au ſieur Cazenove pour y fournir
de réponſe dans les délais de l'Ordonnance ; ce
faiſant, renvoyer les parties pour leur être fait
droit, ſans frais, devant le ſieur Lenoir, Conſeiller
d'Etat, Lieutenant général de Police ; & les ſieurs
Dionis du Séjour, Defay ; de Mauſſion & le
Moine de la Claretiere, Conſeillers en la Cour
des Aides, auxquels Sa Majeſté attribue toute
Cour, Juriſdiction & connoiſſance pour juger les
conteſtations nées & à naître d'entre les ſieurs
Gaudy, Pallard, Fulchiron & le ſieur Cazenove ;
leur faiſant Sa Majeſté défenſes de ſe pouvoir
ailleurs. Fait au Conſeil d'Etat du Roi, tenu à
Verſailles, le 12 Avril 1785. *Signés* LE MAITRE,
Signé, DEBOISMARTIN.

Signifié au ſieur Cazenove, le 6 Mai 1785.
Signé GUILLYN, Huiſſier du Conſeil.

N.º VIII.

ARRÊT du Conseil d'État du Roi, concernant la fixation du Dividende de la Caisse d'Escompte.

Du 16 Janvier 1785.

Extrait des Regiſtres du Conſeil d'État.

LE ROI étant informé qu'à l'Aſſemblée des Actionnaires de la Caiſſe d'Eſcompte, tenue le 12 du préſent mois, il s'eſt élevé des doutes ſur les principes qui doivent régler la formation des Dividendes, & ſpécialement ſur l'exécution de l'article XVI de l'Arrêt de ſon Conſeil du 24 Mars 1776, qui, en ordonnant que, pour parvenir à la fixation du Dividende, il ſera produit un compte détaillé des bénéfices faits & réaliſés dans le ſémeſtre écoulé, a exclu formellement de la maſſe des profits partageables à la fin de ce ſémeſtre, ceux qui ne ſont pas encore échus, ne lui ſont pas acquis & ne peuvent appartenir qu'au ſémeſtre ſuivant; Sa Majeſté a reconnu la néceſſité de maintenir cette diſpoſition, à laquelle il n'a point été dérogé, ainſi que d'établir une juſte proportion entre l'accroiſſement des

Dividendes & celui du fonds réfervé, afin de concilier l'avantage légitime des Actionnaires, avec la sûreté du Public, & la folidité d'un établiffement dont la confiance eft la principale bafe. A quoi voulant pourvoir: Ouï le rapport du fieur de Calonne, Confeiller ordinaire auConfeil Royal, Contrôleur général des Finances; LE ROI ÉTANT EN SON CONSEIL, a ordonné & ordonne ce qui fuit:

ARTICLE PREMIER.

La difpofition de l'article XVI de l'arrêt du Confeil du 24 Mars 1776, fera exécutée en ce qu'elle ordonne que la fixation du Dividende ne pourra être faite que fur les bénéfices faits & réalifés dans le fémeftre écoulé: en conféquence, ordonne Sa Majefté que le Dividende des fix derniers mois 1784, ne fera établi que fur les profits & bénéfices réalifés au 31 Décembre dernier; & que de la maffe des bénéfices portés en compte jufqu'audit jour, feront déduits comme non acquis & non partageables, ceux réfultans de l'efcompte de tous les Effets exiftans au porte-feuille, lefquels ne feroient échus ni payables que poftérieurement à l'époque dudit jour 31 Décembre fauf à les reporter dans le compte des bénéfices du fémeftre courant.

I I.

Veut Sa Majesté que le fonds mis en réserve, soit & demeure complété à la somme de deux millions cinq cents mille livres, conformément à l'article II de l'Arrêt de son Conseil du 23 Novembre 1783.

I I I.

Ordonne Sa Majesté qu'il sera incessamment dressé par des Commissaires nommés en l'assemblée des Actionnaires, un projet de Réglement pour déterminer la proportion qui devra exister à l'avenir entre le montant des Dividendes & celui des fonds réservés, lequel projet sera remis au Contrôleur-général des Finances, pour en être rendu compte à Sa Majesté, & être par Elle homologué, s'il y a lieu.

Fait au Conseil d'État du Roi, Sa Majesté y étant, tenu à Versailles le seize Janvier mil sept cent quatre-vingt-cinq.

Signé, LE BARON DE BRETEUIL.

N.º IX.

EXTRAIT d'un Imprimé intitulé : Recueil de Pieces relatives à la fixation du dividende des actions de la Caiffe d'Efcompte, *publié par ordre de M. le Contrôleur-Général, en Février* 1785.

DANS le Mémoire donné à M. le Contrôleur général, par MM. les Députés des Actionnaires de la Caiffe d'efcomte, on y lit, page 14 : « En » effet, d'un côté les vendeurs de dividendes ont » cherché à faire baiffer le taux auquel il feroit » fixé par tous les moyens poffibles. Ils ont » cherché à trouver dans les Arrêts du Confeil » précédens, des interprétations conformes à » leurs vues, & fe font appuyés fur les motifs » de prudence, de confiance & de bien public, » toujours favorables aux yeux du citoyen. Les » acheteurs, au contraire, ont de même employé » toutes leurs reffources, toute leur influence, » pour augmenter ce même dividende ».

On y lit, page 25, que M. le Contrôleur général ayant fait venir le 26 Janvier, MM. le douze Adminiftrateurs, & les trois Commiffaires, entre autres chofes qu'il leur a dites : « a déve-

» loppé les principes de fageſſe & de ſtricte
» juſtice qui avoient dicté l'Arrêt du Conſeil du
» 16 Janvier dernier, qui n'étoit que la confir-
» mation de ce qui étoit preſcrit par la loi de
» leur établiſſement, & qui n'ordonnoit que de
» donner à chacun ce qui lui appartient. Il a
» fait voir que pour trouver quelque ſujet de
» s'en plaindre, on avoit été réduit à lui donner
» une ſignification qu'il n'avoit, ni ne pouvoit
» avoir, & qui étoit également contraire à ſes
» termes & à ſon eſprit.

» Il a obſervé que la Délibération de 1778
» n'avoit pu être regardée comme ayant force
» de déroger à un Arrêt du Conſeil, qu'elle
» n'étoit qu'un acte intérieur de leur régie,
» ignoré du Gouvernement, & qu'on ne pouvoit
» pas même argumenter de ſon exécution tolé-
» rée, puiſque le principe de cette tolérance ne
» venoit que de ce qu'au moyen de l'attention
» qu'on avoit toujours eue de mettre chaque
» année une bonne partie des bénéfices en fonds
» de réſerve, il ne réſultoit aucun inconvénient
» ſenſible de ne pas diſtraire du partage, les
» bénéfices non encore réaliſés, lorſqu'ils étoient
» cenſés compris dans le fonds de réſerve, au
» moyen duquel l'inexécution de l'Arrêt de
» 1776 étoit en quelque ſorte couverte par un
» équivalent : qu'il n'en étoit pas de même cette

77

» année, où l'on avoit annoncé l'intention de tout
» partager fans aucune réferve ; qu'il n'y avoit
» plus alors moyen de diffimuler ni de foufftir
» une contravention que rien ne pouvoit com-
» penfer , & qu'il ne falloit pas s'étonner que
» la loi eut repris tout fon empire au moment
» où la néceffité de l'exécuter s'étoit fait fentir,
» où elle étoit devenue abfolument exigeante
» par l'abus de la tolérance ».

Dans le rapport des Deputés , Commiffaires
des Actionnaires, à l'affemblée générale du 26 Janvier 1785 , on lit, page 32 : « D'aileurs, MM.,
» nous nous plaifons à croire que SA MAJESTÉ
» n'a fait que prévenir les effets de la difcrétion
» que vous avez toujours apportée dans la
» fixation de vos Dividendes; & d'après les
» difpofitions que nous vous connoiffions pour
» accroître raifonnablement le fonds de réferve,
» SA MAJESTÉ ne vous laiffe à regretter que le
» mérite d'avoir exécuté vous-même d'une autre
» maniere ce qu'elle vous prefcrit aujourd'hui,

F I N.

www.ingramcontent.com/pod-product-compliance
Lightning Source LLC
Chambersburg PA
CBHW060442260626
47161CB00005B/2041